Ce livre appartient à :

_____

_____

_____

À Lili, ma source d'étoiles.
À ma famille, toujours à mes côtés.
À Gaston, mon papi.

★ Gaston la licorne ★

MES ÉMOTIONS

avec une Roue des Émotions

Aurélie Chien Chow Chine

hachette
ENFANTS

Qu'est-ce qu'une émotion ?

Un livre sur les émotions, super !
Mais au fond, qu'est-ce que c'est, une émotion ?

Une émotion, c'est **un sentiment**, plus ou moins fort,
qui t'envahit parfois sans que tu le décides.
Ce sentiment change selon les personnes avec qui tu es,
selon ce que tu fais, ce qui t'arrive, l'endroit où tu te trouves...

Il existe toutes sortes d'émotions :
celles qui te font rire, celles qui te font pleurer,
celles qui te donnent envie de crier ou au contraire de bouder,
celles qui te poussent à faire plein de câlins, celles que tu ressens
en regardant les autres et celles que tu éprouves en étant seul.

Les émotions font partie de toi, de nous tous.
Mais elles prennent parfois beaucoup de place dans ta tête.
Et tu ne sais pas toujours comment les nommer, les accepter,
t'en libérer ou encore partager celles qui font du bien.

Heureusement, Gaston est là pour t'aider.

Voici Gaston

Gaston est une petite licorne comme toutes les autres,
ou presque...

Parfois, Gaston est content.
Parfois, il n'est pas content.
Parfois, il est en colère.
Parfois, il est joyeux.
Parfois, il est timide.

Ce sont des émotions.

Et Gaston,
il ressent toutes sortes d'émotions.
Comme toi.

Mais Gaston a quelque chose de magique :
sa crinière.

Quand tout va bien, sa chevelure
prend les couleurs de l'arc-en-ciel.

Sinon, elle change de couleur
en fonction de ses émotions.

joyeux

coupable

en colère

jaloux

apeuré

triste

timide

tout fou-fou

La météo du cœur

Toi, comment te sens-tu aujourd'hui ?

très mal

mal

pas très bien

assez bien

bien

très bien

La roue des émotions

Les émotions arrivent et repartent comme les nuages,
comme la pluie, comme l'orage, comme le soleil aussi.
Elles ne sont **pas toujours faciles à vivre**.

Avec Gaston, tu vas apprendre à les apprivoiser :
chasser ta tristesse, apaiser ta colère,
partager ta bonne humeur...

Mais d'abord, il va t'aider à **reconnaître l'émotion**
qui t'envahit, à mettre des mots dessus, grâce à cette roue.

Regarde bien chacun des petits Gaston, et place la flèche
sur celui qui te ressemble le plus en ce moment.
Puis va chercher dans le livre comment réagit Gaston
lorsqu'il ressent **la même émotion**...

joyeux

tout fou-fou

coupable

timide

en colère

triste

jaloux

apeuré

JE ME SENS

JE SUIS EN COLÈRE

Parfois, Gaston se sent très mal. Il fait tout noir dans son cœur. Il y a des jours où rien ne se passe comme il en a envie.

Quand il doit aller à l'école à pied
et que Papa refuse de le porter,
Gaston se met en colère.

Quand Maman l'appelle pour le bain,
mais qu'il ne veut pas se laver,
Gaston s'énerve.

Et quand vient le moment de sortir
de l'eau, mais qu'il a encore envie
de jouer, Gaston se met en colère.

Quand il a décidé de faire
quelque chose tout seul,
comme un grand,
mais qu'il n'y arrive pas,
Gaston s'énerve.

Parfois même, il se roule par terre !
Il ressent beaucoup de colère !

Une énorme colère !

Comme si dans sa tête, il y avait un gros nuage noir.
Un nuage rempli d'éclairs.

Au lieu d'attendre que le nuage s'éloigne lentement,
si on le chassait avec un **mouvement de respiration** ?

Toi aussi, quand tu sens ce nuage de colère t'envahir,
tu peux faire ce mouvement pour le chasser.

Mouvement de respiration
pour chasser le nuage de colère

1 Gaston ferme les yeux.
Il imagine le gros nuage dans sa tête.
Il inspire par le nez en gonflant son ventre
et il tend ses bras le long du corps,
poings fermés.

2 Gaston bloque sa respiration.
Il monte et descend ses épaules plusieurs fois rapidement,
comme s'il pompait toute sa colère pour la faire remonter
dans le nuage.

3 Gaston souffle très fort par la bouche
en relâchant ses épaules et ses mains.
Il chasse son gros nuage de colère !

Gaston fait ce mouvement **3 fois**.

Il faut bien 3 respirations
pour chasser les derniers petits éclairs !

Puis il reprend une respiration calme.
Maintenant qu'il a chassé le nuage de sa tête,
il peut y inviter un **beau soleil**.

Gaston se sent beaucoup mieux, plus tranquille.
Il a retrouvé sa bonne humeur et ses couleurs arc-en-ciel !
Et si à nouveau les choses ne se passent pas
comme il le voudrait, ce n'est pas grave. Il garde son calme.

Si toi aussi, tu as remplacé le nuage par le soleil,
tu te sens peut-être détendu, apaisé.
Et ton **sourire** va pouvoir revenir !

JE SUIS TRISTE

Gaston se sent mal aujourd'hui. Il fait tout gris dans son cœur.

À l'école, Gaston adore s'amuser avec Eugène et Marie.

Mais aujourd'hui, il se dispute avec eux. Ses amis veulent jouer à chat. Gaston, lui, a envie de jouer au ballon.

Eugène et Marie partent jouer tous les deux, et Gaston reste seul avec son ballon.

Alors Gaston se sent triste toute la journée.

Et ce soir, Gaston y pense encore.
Cette dispute avec ses deux amis le tracasse.
Il ressent de la tristesse, du chagrin.

Un gros chagrin.

Comme si dans sa tête, il y avait un gros nuage sombre.
Un gros nuage plein de pluie.

Au lieu d'attendre que le nuage s'éloigne lentement,
si on le chassait avec un **mouvement de respiration** ?

Toi aussi, quand tu sens ce nuage de tristesse t'envahir,
tu peux faire ce mouvement pour le chasser.

Mouvement de respiration
pour chasser le nuage de tristesse

① Gaston ferme les yeux.
Il imagine le gros nuage dans sa tête.
Il inspire par la bouche
en gonflant son ventre.

2 Gaston bloque sa respiration.
Il bouche son nez avec ses doigts
et pense très fort à son nuage.

3 Gaston souffle très fort par le nez
et chasse son nuage de tristesse !

Gaston fait ce mouvement **3 fois**.

Il faut bien 3 respirations
pour chasser les dernières gouttes de pluie !

Puis Gaston reprend une respiration calme.
Maintenant qu'il a chassé le nuage de sa tête,
il peut y inviter un **beau soleil**.

Gaston se sent beaucoup mieux, plus léger.
Il n'est plus fâché contre ses amis.
Il a retrouvé sa bonne humeur et ses couleurs arc-en-ciel !

Si toi aussi, tu as remplacé le nuage par le soleil,
tu te sens soulagé, libéré.
Et ton **sourire** va pouvoir revenir !

JE SUIS JOYEUX

Quand Gaston se sent bien,
sa crinière a toutes les couleurs de l'arc-en-ciel.

Ce matin, Gaston se réveille
de bonne humeur. Chouette !
Il n'y a pas d'école aujourd'hui !

Il va pouvoir faire
tout ce qui lui plaît :
prendre tranquillement
son petit déjeuner,
flâner, rêver, jouer...

Mais peut-être que tout le monde
ne ressent pas autant de bien-être.

Et si on partageait un peu de bonheur
avec ceux qui nous entourent ?

Mouvement de respiration
pour partager son bonheur

1 Gaston ferme les yeux.
Il imagine qu'il est rempli
de petites étoiles de bonheur
de toutes les couleurs.
Il inspire par le nez en gonflant
son ventre.

2 Gaston bloque sa respiration.
Il tourne plusieurs fois le haut de son corps :
sa tête et ses bras de gauche à droite,
puis de droite à gauche, en imaginant
qu'il va distribuer ses étoiles de bonheur
autour de lui.

3 Gaston souffle doucement par la bouche, en ramenant ses bras le long de son corps. Il est joyeux de pouvoir partager son bonheur.

Gaston fait ce mouvement **3 fois**. Il faut bien 3 respirations pour semer toutes les petites étoiles de bonheur !

Maintenant, il est prêt à donner **de la joie** à tous ceux qui l'entourent.

Gaston regarde autour de lui.
Qui a envie d'un peu de bonheur?

Ah, Mamie a l'air bien embêtée.
Elle a perdu ses lunettes.

Gaston aide sa grand-mère
à les chercher.
Ah! Les voilà!
Elles étaient sur le buffet.

Mamie est ravie et remercie
son petit Gaston car, sans lunettes,
elle n'y voit rien!

Gaston continue de s'intéresser
à ce qui se passe autour de lui.

Oh, Maman semble très contrariée.
Alors qu'elle travaillait,
elle a renversé son verre d'eau
sur son bureau !

Gaston ne peut rien y changer,
mais un gros bisou lui fera
sûrement beaucoup de bien.

Grâce à ce câlin, Maman retrouve
le sourire et ressent du bonheur.
« Merci, mon Gaston ! »

En leur parlant, en les aidant, en faisant des câlins,
Gaston a partagé son **bien-être**
avec Mamie et Maman.

Il est tout content de leur avoir donné
des **étoiles de bonheur**.

Il se sent encore plus heureux qu'avant.
Il est joyeux !
Tout le monde a retrouvé sa bonne humeur,
même la jolie coccinelle que Gaston a rattrapée dans l'eau.

Si toi aussi, tu as semé tes étoiles de bonheur
autour de toi, tu te sens encore plus heureux et rempli de joie.
Tu peux être **fier de toi !**

J'AI PEUR

Ce soir, Gaston se sent très mal. Il fait tout noir dans son cœur.

Dès que la nuit tombe, tout devient sombre.
Gaston ressent alors une petite inquiétude.
Il n'aime pas beaucoup la nuit,
car il sait qu'il va bientôt devoir aller au lit.

Gaston a plein d'idées
pour repousser l'heure du coucher.
Mais rien n'y fait. Il est tard...
Gaston doit s'endormir
dans le noir. Il a peur.

Maman et Papa sont dans la pièce d'à côté.
Pourtant, dès que Gaston se retrouve
dans l'obscurité, il a vraiment peur.
Et en plus, il faut qu'il ferme les yeux !

Gaston frissonne, comme s'il avait froid.

Et si on fabriquait une armure de courage
pour dompter cette peur avec
un **mouvement de respiration** ?

Toi aussi, quand tu sens une peur t'envahir,
tu peux fabriquer ton armure pour la dompter.

Mouvement de respiration
pour dompter sa peur

1 Gaston ferme les yeux.
Il inspire par le nez et bloque sa respiration.
Puis il pose ses deux mains sur sa tête.
Il imagine une belle armure qui le protège.

2 Gaston garde l'air en lui
et dessine son armure de courage
avec ses mains : il les descend
devant lui jusqu'à ses pieds.

3 Protégé par son armure,
Gaston souffle très fort par la bouche,
et il dompte sa peur.

4 Gaston fait ce mouvement 3 fois.
Il faut bien 3 respirations
pour fabriquer une armure
aussi brillante que le soleil.

Puis Gaston reprend une respiration calme.

Il n'a plus peur de la nuit
et s'endort tranquillement en imaginant
toutes sortes d'histoires merveilleuses,
habillé de **sa belle armure dorée**.

Ce matin, Gaston se réveille en pleine forme !
Il a fait de beaux rêves.
Il a retrouvé sa bonne humeur et ses couleurs arc-en-ciel.

Si toi aussi, tu as dompté ta peur grâce à ton armure
de courage, tu te sens soulagé, libéré.
Et ton **sourire** va pouvoir revenir !

JE M'EN VEUX

Gaston ne se sent pas très bien en ce moment. Il fait gris dans son cœur !

Aujourd'hui, Gaston a très envie de dessiner.
Il prend ses feutres et s'installe calmement dans sa chambre.

Mais il est tellement plongé dans son dessin
qu'il en oublie les limites de sa feuille et crayonne sur le mur.

Aïe ! Gaston risque
de se faire gronder !

Il se dépêche de cacher
sa bêtise comme il le peut.

Il n'est pas fier de lui.

Gaston ressent plusieurs émotions désagréables.

Il se sent triste d'avoir fait une bêtise qui pourrait contrarier ses parents, mais en même temps il n'ose pas leur en parler, car il a peur de se faire gronder.

Gaston s'en veut. Il se sent coupable.
Il est perdu, comme s'il était dans un brouillard de sentiments.

Et si on sortait de ce brouillard pour avoir les idées plus claires, grâce à un **mouvement de respiration** ?

Mouvement de respiration
pour chasser le brouillard d'émotions

1. **Gaston** ferme les yeux.
   Il imagine le brouillard autour de lui.
   Il inspire par le nez, gonfle son ventre
   et lève ses deux bras à l'horizontale devant lui.

② Gaston bloque sa respiration.
Puis il monte un peu ses bras,
les ouvre et les referme plusieurs fois,
comme s'il effaçait le brouillard.

③ Gaston souffle par la bouche
en ramenant ses bras le long du corps.

Gaston fait ce mouvement **3 fois**.

Il faut bien 3 respirations
pour effacer ce brouillard d'émotions.

Puis Gaston reprend une respiration calme.
Il a les idées plus claires et il sait quoi faire.

Débarrassé de ses inquiétudes,
Gaston va chercher Maman pour tout lui expliquer.

Devant les dessins sur le mur, Maman n'est pas très contente,
mais comme Gaston est venu en parler de lui-même,
elle ne se met pas en colère.
Elle a une idée pour que Gaston ne se sente plus coupable :
il va réparer sa bêtise.

Avec une éponge, du savon et un peu d'eau,
Gaston nettoie le mur de sa chambre. Il se sent soulagé.
L'esprit libre, il va pouvoir faire un nouveau dessin… sur son tableau !

JE SUIS TIMIDE

En ce moment, Gaston se sent assez bien.
Il y a du soleil, mais aussi des nuages dans son cœur.

Aujourd'hui, c'est son anniversaire.
À l'école, la maîtresse et les élèves chantent:
« Joyeux anniversaire, Gaston! »
Cela fait plaisir à Gaston, mais il ne sait pas
comment réagir. Il est gêné.

Le soir, il va acheter
un beau gâteau avec sa maman.
Le pâtissier lui offre une sucette.
Gaston adore les sucettes,
mais il n'ose pas la prendre.

Puis sa famille et ses amis
se réunissent pour fêter
son anniversaire.

Mais Gaston ne profite pas
pleinement de ce moment.
Il ressent différentes émotions :
il est heureux d'être avec ceux
qu'il aime. Et, en même temps,
il est intimidé d'être
au centre de l'attention.

Gaston se cache les yeux
comme si ça lui permettait de disparaître.

Et si au lieu de se faire petit comme une souris,
on s'imaginait en **gros tigre** pour surmonter cette timidité,
grâce à un mouvement de respiration ?

Toi aussi, quand tu sens la **timidité t'envahir**,

tu peux t'imaginer **fort** comme un tigre
pour la surmonter.

Mouvement de respiration
pour surmonter sa timidité

1 Gaston ferme les yeux.
Il imagine un beau costume de tigre.
Il inspire par le nez en gonflant son ventre
et remonte ses bras tendus devant lui.

2 Gaston bloque sa respiration,
il agrippe son costume
comme s'il avait des griffes
et le ramène à lui pour l'enfiler.

3 **Fort** comme un tigre,
Gaston souffle par la bouche
en relâchant ses épaules et ses mains.

4 Gaston pense à la force
qu'il commence à ressentir
grâce à son costume de tigre.

Gaston fait ce mouvement **3 fois**.

Il faut bien 3 respirations
pour se transformer en véritable tigre !

Puis Gaston reprend une respiration calme.
Maintenant qu'il a mis son magnifique costume de tigre,
il se sent **fort**, **confiant**,
et le **soleil** est revenu dans sa tête.

Gaston se sent beaucoup plus à l'aise.
Il a retrouvé sa bonne humeur
et va pouvoir profiter pleinement
de sa journée d'anniversaire.

Si toi aussi, tu as vaincu ta timidité grâce à ton costume de tigre,
tu vas pouvoir profiter de chaque moment en étant serein.
Et ton **sourire** va pouvoir revenir !

JE SUIS JALOUX

Gaston se sent très mal en ce moment. Il fait tout noir dans son cœur !

Gaston accueille sa cousine
Joséphine pour la nuit.
Youpi ! Il attendait ce moment
depuis longtemps.

Joséphine joue au train
électrique avec Papa.
Gaston n'est pas content.
Lui, il voulait jouer au ballon.

Au dîner, le gâteau
de Maman est si délicieux
qu'il n'en reste qu'une part.
Joséphine est l'invitée,
Papa la lui offre poliment.

Mais Gaston aussi en avait
envie. Il en a marre de passer
après sa cousine.

Après l'histoire du soir, Maman fait aussi
un câlin à Joséphine, mais Gaston ne veut
pas partager sa maman.

En plus, il doit lui laisser son lit !
Gaston aime sa cousine, mais là,
il est vraiment fâché.
Gaston est jaloux.

Il a le **cœur lourd**.
Comme s'il avait accumulé des petites chaînes autour
de son cœur, qui l'empêchaient de ressentir de la joie.

Au lieu de rester avec ce cœur lourd, si on le libérait,
grâce à un mouvement de respiration ?

Toi aussi, quand tu sens la jalousie te submerger,
tu peux faire ce **mouvement de respiration**
pour te libérer.

Mouvement de respiration pour surmonter sa jalousie

1 Gaston ferme les yeux.

Il imagine son cœur entouré de petites chaînes.

Il pose ses mains sur sa poitrine.

Il inspire par le nez en gonflant

le haut de son corps.

② Gaston continue de respirer à fond.
Il gonfle sa poitrine,
sent ses mains s'éloigner,
et imagine qu'il gonfle son cœur
pour casser les petites chaînes.

③ Gaston souffle doucement
par la bouche,
ses mains se rapprochent.
Il souffle ses petits bouts
de chaînes cassées.

Gaston fait ce mouvement **3 fois**.

Il faut bien 3 respirations
pour souffler les derniers petits maillons de chaînes !

Puis Gaston reprend une respiration calme.
Maintenant qu'il a libéré son cœur,
il est rempli de joie et le **soleil** est revenu dans sa tête.

Gaston se sent beaucoup mieux, plus léger.
Il n'est plus du tout fâché contre Joséphine.
Il a retrouvé sa bonne humeur
et ses couleurs arc-en-ciel.

Si toi aussi, tu as libéré ton petit cœur,
tu te sens **soulagé**, **heureux**.
Et ton **sourire** va pouvoir revenir !

JE SUIS TOUT FOU-FOU

Aujourd'hui, Gaston se sent bien. Il fait soleil dans son cœur !

À l'école, il a appris beaucoup
de nouvelles choses.

Il les raconte à Maman et Papa
en sautillant sur le chemin,
comme un petit ressort.

De retour à la maison,
Gaston déborde toujours
d'énergie !

Mais il ne sait pas quoi faire.
Alors, il s'agite.

Il crie, court et saute partout.
Même sur Papa ! Hop-là !

Gaston essaie d'attirer l'attention
de Maman et Papa, mais ils sont occupés.
Et ils n'ont pas l'air de beaucoup apprécier.

Et si, grâce à un **mouvement de respiration**,
on transformait cette agitation en énergie calme,
pour la rendre utile ?

Mouvement de respiration
pour rendre son énergie utile

1 **Gaston** ferme les yeux.
Il imagine son agitation
comme un ressort rouge.
Puis il inspire par le nez
en gonflant son ventre
et fait ainsi rentrer du calme en lui.

2 **Gaston** souffle par la bouche,
vide tout son air en gardant
le calme au fond de lui.
Puis il bloque sa respiration.

③ Gaston se penche en avant.
Il rentre et gonfle son ventre plusieurs fois,
pour envelopper son ressort de calme.

④ Gaston se redresse et inspire
par le nez en ramenant
ses bras le long du corps.
Son petit ressort est devenu
tout bleu.

Gaston fait ce mouvement **3 fois**.

Il faut bien 3 respirations
pour sentir ce petit ressort d'énergie tout bleu,
tout calme.

Puis Gaston reprend une respiration naturelle.
Il va pouvoir faire plein de choses utiles et agréables.

Gaston se sent en pleine forme !
Il va utiliser toute son énergie à s'occuper du jardin
et cueillir des légumes dans le potager pour le repas de ce soir.
Au menu : radis au beurre, carottes, petits pois,
puis tarte aux tomates maison. Maman et Papa sont ravis !

Si toi aussi, tu as réussi à rendre service grâce à ton petit ressort,
tu te sens détendu, fier de toi.
Et tout le monde appréciera **ta belle énergie** !

Table des matières

Retrouve toutes

Les émotions de Gaston

Directeur : Sarah Kœgler-Jacquet – Directrice éditoriale : Brigitte Leblanc
Responsable éditoriale : Sylvie Michel, assistée d'Albane Destrez
Responsable artistique : Solène Lavand – Mise en page : Caroline Rimbault
Fabrication : Anna Polonia – Lecture-correction : Agnès Scicluna

© 2018, Hachette Enfants / Hachette Livre
58, rue Jean Bleuzen – 92178 Vanves CEDEX
ISBN : 978-2-01-706409-1 – Dépôt légal : novembre 2018 – Édition 11.
Achevé d'imprimer en Espagne par Estella Graphicas en janvier 2022.
Loi n° 49-956 du 16 juillet 1949 sur les publications destinées à la jeunesse.

PAPIER À BASE DE
FIBRES CERTIFIÉES

hachette s'engage pour
l'environnement en réduisant
l'empreinte carbone de ses livres.
Celle de cet exemplaire est de :
600 g éq. CO$_2$
Rendez-vous sur
www.hachette-durable.fr